AF606145
NOVELA

LA HORA DEL AMOR

Carmen de Burgos

- COLECCIÓN MILANO -

NOVELA

Aliarediciones

COLECCIÓN MILANO - NOVELA

Diseño de cubierta: Aliar Ediciones
Maquetación: Aliar Ediciones

Depósito Legal: GR 511-2024
ISBN: 978-84-10155-89-3

Imágenes de cubierta: *Rawpixel.*
Impreso en España

Edita ALIAR Ediciones
www.aliarediciones.es
info@aliarediciones.es

LA HORA DEL AMOR

Carmen de Burgos

- COLECCIÓN MILANO -

NOVELA

I

Acabó de colocar los nardos en el búcaro y paseó la mirada por el gabinete. Aquello era agradable y Margarita se sintió bien; tuvo una sensación de bienestar, de satisfacción, como si la acariciase lo acogedor, lo tibio de la casa, algo de calor de nido. Era lindo y sencillo su gabinete; tenía un espíritu suave como una seducción, como un lazo, en su ambiente adormecedor. El suelo, cubierto de tapices, sobre el brillo lustroso de la madera encerada, daba a la vez sensación de abrigo y limpieza; las cortinas de terciopelo, amplias y pesantes, con sus barras doradas y macizas, caían en pliegues severos, evitando el amaneramiento de rizos y recovecos, y hacían más confidencial, más íntima la estancia; parecía que acercaban más los objetos unos a otros; que quitaban el agrio de los huecos; que apagaban la voz y daban mayor intimidad, mayor aislamiento de todo el resto. La chimenea de leña chisporroteaba con esa alegría campesina que ponen sus llamas en los cortinajes y en las porcelanas, que se veían por todas partes, alternando con objetos de bronce; todo sabiamente escogido, evitando el sello de fábrica y de bazar; bellos por la solidez de su material, por sus formas graciosas, por los brillos de luz en el metal y por los reflejos de agua de la cerámica. Todo bajo la luz discreta de la lámpara de gran pantalla, esas pantallas protectoras que tienen como alas de clueca para cobijarlo todo. La mesilla del té lucía cargada de esos mil utensilios elegantes: servilletitas de encaje, teteras de barro, tazas de rayas azules y blancas, con la gallardía del azul. El agua bullía en el cacharro de metal enchufado en la luz eléctrica, dejando oír esa alegre canción de samovar, propia de los hogares que forman como un refugio contra el ambiente exterior frío y poco propicio.

Margarita pareció darse cuenta de cada cosa y de todo aquel conjunto, y luego dirigió la mirada al reloj.

—Las siete menos cinco.

Murmuró esas palabras como si en lugar de un número hubiera leído en su esfera.

—La hora del amor.

Y con una seguridad apacible vertió el agua sobre las hojas del té, y tomando un libro, lo abrió por la señal puesta entre sus páginas y lo colocó sobre la mesa, cerca de la cajita de hierro donde esperaban los cigarrillos a un ausente que no debía tardar.

Su oído atento percibió el ruido de la llave en la cerradura de la puerta de entrada, y pocos momentos después una figura juvenil y esbelta aparecía entre los portieres.

—¡Miguel!

Salió a su encuentro llena de ternura inefable. Él se inclinó y la besó ruidosamente en las mejillas.

Era un hombre alto, fuerte, con unas facciones francas, abiertas, llenas de una lealtad noble y alegre, mezclada a algo dulcemente ingenuo, casi infantil.

Su aspecto de lozanía y de salud formaba contraste con la belleza frágil, delicada y rubia de Margarita. Parecía que se verificaba en ellos una atracción de naturalezas opuestas tendiendo a completarse.

Él la miró atentamente y le dijo:

—Estás muy pálida; tienes los ojos tristes. ¿Te sucede algo desagradable?

—No —repuso ella, un poco confusa.

—No me ocultes que algo te pasa —insistió él.

—He dormido poco.

—¿Por qué?

—Padecí de jaqueca.

Él la miró de nuevo con inquietud y la estrechó contra su pecho murmurando un «no...», conmovido y largo como una protesta contra el mal.

—No, no me digas que estás enferma. Me asusta esa idea.

Le estrechaba las manos y le tocaba la frente con un cuidado ansioso.

—¡Oh! Esto que a ti te alarma a mí me hace feliz —dijo ella—. Quisiera estar enferma para que tú me cuidaras y me mimaras mucho.

—¡Loca! ¿No te quiero y te mimo lo bastante así?

—Es cierto; pero ¡me hace tan feliz tu cariño!

Lo condujo hacia un diván, con el que había sabido evitar la aglomeración de sillas vulgares en la estancia.

—¿Ya tenías el té hecho? —preguntó Miguel.

—Sí.

—¿Tanta confianza tienes en que no he de tardar? ¡Estás demasiado consentida! —añadió él con acento chancero de íntima ternura.

—Naturalmente. Confío en ti por entero... y además... tenía prisa por que no perdiéramos el tiempo en continuar nuestra lectura. Esa condesa Martin de *El lirio rojo* me interesa tanto, que he tenido que hacer esfuerzos para no leer yo sola.

—Eso hubiera sido una infidelidad que me hubiera disgustado.

—¿Una infidelidad?

—Sí. Todo lo que se me escape de ti, de tu pensamiento, de tu confianza es una infidelidad... y grave. Te has aficionado demasiado a la lectura, y eso me complace, pero no me gusta. A veces prefieres que te lea a que te bese.

—Es que me besas leyendo, Miguel mío; yo antes no comprendía cosas que tú me has enseñado. Tú me has hecho distinta de como era... tuya... y no te debes quejar.

—¡Lisonjera! —exclamó Miguel, mientras le ofrecía su taza de té—. ¡Cómo sabes cuánto me halaga esto, cómo te hace mía ese abandono en que yo formo todo tu pensamiento, e influyo en ti tan por completo! Ven, siéntate aquí y escúchame... pero muy cerquita.

Y mientras Margarita se recostaba contra su pecho y acariciaba su crespa cabellera con la manecita de niña, la voz grave y bien timbrada de Miguel resonó con algo de armonía de órgano, desplegándose solemne y acariciante en el ambiente confidencial de la estancia como en un oficio sagrado en el que el humo del té y del cigarrillo fuesen hacia la verdadera divinidad en la ofrenda de un amor puro y arraigado.

Unos discretos golpes en la puerta interrumpieron la lectura.

—¿Tiene la bondad la señora de salir un momento? —dijo con indecisión la voz de la doncella.

Margarita se levantó presurosa.

—¿Dónde vas? —preguntó él con su voz de niño contrariado.

—Espera...

Y se escapó de entre sus brazos, como si tuviese miedo de que la retuviera.

En la media luz del pasillo se detuvo. Era como un despertar, como un volver a otra vida el alejarse de aquel albergue tibio en que la mecía con su incienso el perfume del amor de Miguel. Compuso su expresión abandonada a su dulzura, tomando ese aspecto conveniente con que las mujeres saben ocultar su intimidad y prepararse para el espectáculo. Su rostro adquirió una expresión afable, rasgó la sonrisa, que debía permanecer inmóvil y forzada sobre sus labios, y entró en el comedor. Allí, de pie, con el sombrero entre las manos, había un hombre del pueblo.

—¡Hola, señor Luis!... —dijo ella con un acento afectuoso en cuya exageración se notaba la falta de sinceridad—. Había olvidado que hoy es primero de trimestre... Si usted pudiera dispensarme... volver dentro de unos días.

Aquel hombre hosco, huraño y sucio, paseó la mirada por el rostro delicado y el gracioso cuerpo de Margarita con algo de deleite.

—Ya sabe la señora que yo nada puedo hacer... a mí me mandan... el señor dice que no puede esperar... y cuando uno se compromete a una cosa... Ya he venido hoy dos veces.

—Pero ya sabe que le he rogado que no venga a esta hora.

—Los que trabajamos no estamos para tantas comodidades —repuso él con acritud, levantando la voz—; desde las ocho de la mañana ando subiendo y bajando escaleras... ¡y que está bueno el día!

Margarita miró con sobresalto hacia la puerta.

—Chist... calle... Tengo visita... Dígale usted al señor que ya sabe que no le falto nunca... una excepción... una pequeña tregua.

Con su voz mimosa se esforzó en convencer a aquel hombre para que la esperasen unos días en el pago que venía a exigirle. Él parecía complacerse en humillarla y en verla suplicar, como si aquello la inferiorizase y se la entregase, de algún modo.

Margarita hablaba con calor, con apresuramiento, bajando la voz y recelosa de poder ser oída por su amante. Al fin aquel hombre pareció ablandarse a sus ruegos.

—Bueno... yo no sé lo que me dirá a mí el señor, pero quiero servir a la señora... La esperaremos hasta fin de semana... pero otra cosa es imposible. El viernes volveré.

Y se alejó, dando torpemente vueltas en la mano a su sombrero y clavando en la joven una mirada de reojo, maliciosa y procaz, al tiempo que la saludaba.

—¡Hasta el viernes! Ya lo sabe usted. No puede ser ni un día más. Lo hago bajo mi responsabilidad.

Cuando se perdió su figura en el pasillo, Margarita se volvió con despecho hacia su doncella.

—¿Por qué me has llamado? —preguntó con tono de reconvención.

—No he tenido más remedio —respondió la criada, con esa seguridad y esa desenvoltura de las criadas que saben todos los secretos y obran en complicidad con los dueños—. ¡Si usted lo hubiera oído! Delante de la señora se amansa; pero empezó a chillar y temí que lo oyesen.

Margarita hizo un gesto de resignación, y volvió con paso presuroso a su gabinete.

Se detuvo en la puerta como para borrar la mala impresión antes de entrar, guiada por un sentimiento semejante al que haría descalzarse al primer creyente para pisar el suelo de su mezquita.

Miguel, con el libro al lado, dormitaba cerca del hogar, cuyas llamas parecían juguetear arrojando reflejos de luz o formando arabescos de sombra sobre su rostro y su cabellera. Ella suspiró y avanzó lentamente, dolorida... como si faltase su fe en lo duradero de aquella felicidad, como si hubiese en aquella placidez algo de falso, de deleznable, de falto de raigambre y de cimiento.

—¡Cuánto has tardado! —murmuró él con cariñosa reconvención, aunque se notaba en su voz que un adormecimiento de bienestar no le había dejado darse cuenta del tiempo.

—Estos días son terribles para las dueñas de casa —dijo ella con una sonrisa—, aunque tengo dicho que a esta hora no me molesten, porque en esta hora no quiero que exista nada que no seas tú, a veces...

—No te disculpes... me hago cargo, pero yo te quiero siempre al lado mío... en todos los momentos. ¡Me pareció oír la voz de un hombre!

—Uno de los proveedores.

—Hola, mi querida economista.

—Sí, ríete, pero no tendrá más que hacer un ministro de Hacienda que una dueña de casa, cuando está sola como yo en estas cosas demasiado pequeñas para compartirlas contigo.

—Pero yo te ayudo en todo; te aconsejo... soy tu interventor y evito alguna locurilla de esa cabecita encantadora. Esto de verte hacer frente a la vida con tus propios recursos me gusta y me divierte. Eres como una niña que juega a la señora formal; me entusiasmas.

Mientras hablaba se había levantado y enlazaba a Margarita por el talle, cubriendo de besos su rostro y su cabellera.

Ella se los devolvía uno a uno, feliz, satisfecha, olvidada de todo lo que no fuera su amor; pero de vez en cuando se quedaba meditativa, silenciosa, inmóvil y disgustada. Se sentía culpable de una ocultación, como de una traición al no revelarse por entero; pero los años de silencio se unían para formar como una muralla muy espesa, muy cerrada, que no podía derribar sin peligro de quedar sepultada bajo ella. ¿Qué diría Miguel de tantos años de disimulo? Además, la razón de su silencio no había desaparecido. Temía causar una sensación de repugnancia a su amante poniendo ante sus ojos toda la tramoya y el engaño de su vida de mujer fuerte que tanto admiraba él.

Miguel, tranquilo y confiado, la llevó dulcemente hasta su asiento.

—Dame otra taza de té y leamos un poco —dijo.

Y otra vez se elevó su voz como una plegaria que borró todas las inquietudes del alma de Margarita, haciéndole olvidar todas las preocupaciones y todas las contrariedades, absorta en su sueño de amor.

II

Apenas se cerró la puerta detrás de Miguel, Margarita se dejó caer en el diván y un suspiro tristísimo se escapó de su garganta.

—¡Dios mío! ¡Dios mío! ¿Cómo voy a salir de todo esto?

Era la pregunta que se repetía continuamente desde hacía algún tiempo. Su vida se desplegaba ante ella en la evocación, como en uno de esos balances solemnes que todos hacemos a veces con nosotros mismos. Hija de una familia acomodada, Margarita se había casado muy joven con un hombre que le doblaba la edad y que había sido una especie de padre previsor para rodearla de atenciones y de comodidad. Ella pasaba la vida en una inconsciencia de la vida misma, sumida en la vulgaridad rutinaria, mediocre y casera, sin una convulsión de pasiones ni una inquietud o un anhelo de nada desconocido. Seguía aquella tradición de vivir provinciano, tal como la había visto en su madre y en las mujeres de su familia, obedientes al marido como a un jefe indiscutible, al que acataban de un modo irracional, mientras su vida iba pasando en la ocupación monótona y diaria de las faenas domésticas, sin más horizonte que el de las paredes de su casa.

Ella no sabía nada de los negocios de su marido, ni del estado de su fortuna. Él lo dirigía todo y se ocupaba del presupuesto de gastos de la familia. Su existencia era fácil, sencilla, agradable, y tan acostumbrada estaba a su rutina, que ni siquiera sentía el aburrimiento de su pereza y de la periodicidad de sus ocupaciones; quería a su marido sin haber llegado a amarlo, y lo respetaba sin una estimación fundada y consciente. El lazo de su hogar era la costumbre, la atrofia de la imaginación con que vivía su existencia mecánica. Ahora, mirando hacia atrás, se creía que no era ella aquella misma mujer y sentía lástima de *la otra*, que no había divisado los nuevos horizontes que le daban a ella tan íntima ventura. Pero, en cambio, la vida aquella pasada no tenía dificultades ni inquietudes.

Estas habían empezado cuando murió su esposo, aunque bien podía dar aquella fecha como la de un nuevo nacimiento para ella, como su verdadera iniciación en la vida. Sintió a su marido como a un buen amigo, un compañero bondadoso al que estaba agradecida por su cariñosa bondad. La amargura que le produjo su muerte iba unida a la de su cambio de vida. Se vio obligada a ocuparse de asuntos que no entendía; a recibir continuas visitas de señores extraños, abogados, procuradores y testamentarios, que le hablaban de negocios, de deudas, de pagos. Los asuntos de su marido parecían algo embrollados. Tuvo que vender una gran parte de sus fincas, de su mobiliario, reducir sus gastos. Frente a todo aquello ella había tenido como una revelación de sí misma, un instinto que la obligó a defenderse, mirando a cada una de aquellas personas como a un enemigo encubierto.

Al fin había logrado arreglar su situación y verse libre de toda la red de incidentes y disposiciones judiciales que la atormentaban. Vendió las cosas que le eran menos queridas, y pudo cimentar su situación, modesta y tranquila. Le quedaba una finca urbana, cuya renta, libre de gastos, le producía para vivir con holgura. Recordaba con pesar que había tenido en su mano la liberación y la tranquilidad y la había perdido locamente. Su situación de mujer viuda la había deslumbrado. Tuvo amistades con damas que le hacían alternar en círculos a los que su fortuna no le daba derecho, y sin darse cuenta exageró sus gastos hasta producir una desnivelación que iba de día en día en aumento. Tuvo días muy tristes en los que le fue preciso llevar sus alhajas y sus ropas a las casas de préstamos. Cuando su situación empezó a adivinarse, llegaron para ella los desengaños: amigas que huían, gentes que evitaban saludarla, conocimientos que se negaban a recibirla. Los criados se habían ido despidiendo unos detrás de otros desde el día en que empezó a tomar estrecha cuenta de sus gastos.

Margarita, que no había pensado en analizar jamás el afecto de los otros, y que tan noblemente había confiado en él, vio con profundo pesar que pocas simpatías se habían cimentado sobre un aprecio sincero. Advirtió con horror cómo muchos de aquellos amigos que creyó tan adictos y de aquellos señores graves que le hablaban de negocios, hasta los que habían sido los amigos más sinceros de su marido, se creían autorizados para perseguirla con pretensiones absurdas y groseras, sin respeto ninguno.

Aquel mundo al que se había asomado le dio asco. En aquellos momentos de desconcierto, de ansiedad, de vacilación, había conocido a Miguel. Miguel era un hombre aparte, extraño, verdaderamente superior. De un talento claro, de un temperamento de artista, de un espíritu de justicia sereno y arraigado, había en él un reposo, una dignidad y una severidad que desde el primer momento le conquistaron la confianza de Margarita. Él fue, quizás, el único que no pretendió su conquista.

Pero Margarita, que le había hablado de su alma, no se atrevió a hablarle de su situación; se asustó ante la idea de que su ruina pudiese influir de un modo desfavorable en el ánimo de un hombre tan distinguido en todas sus manifestaciones. Hubo en ella esa falsa vergüenza de las mujeres vulgares a descubrir su situación. Fue por Miguel, por aquel cariño que se iba introduciendo dulcemente en su alma, por lo que Margarita experimentó el ferviente deseo de rehacer su vida tranquila, buena, respetada; estaba casi convencida de que para ser considerada por la sociedad era necesario tener una situación independiente. Aquel deseo, aquel anhelo bueno, no hizo más que empeorar su suerte. Resignándose a sus privaciones poco a poco, su renta hubiera podido enjugar su deuda. Pero ella no se resignó. Quería seguir ante Miguel en la misma situación en que él la había conocido. Él le había impreso a su alma un nuevo derrotero; le había hablado un lenguaje al que no estaba acostumbrada. Bajo aquella influencia su espíritu se refinaba, penetrando en él una ansiedad desconocida de belleza, de pureza, de verdad, que algunas veces llegaba a ser atormentadora; pero que se realizaba en la amistad y el mutuo cariño que los unía. ¿Cómo habían llegado a ser amantes? No lo sabía aún. Indudablemente se habían amado sin saberlo, sin pretenderlo; se habían aproximado sin desconfiar uno de otro, sin desplegar todas esas armas de coquetería, en la defensiva y la acometividad que ocultan el espíritu en su juego; y un día la juventud había hecho traición a su lealtad y su cariño para unirlos en un amor de amantes, casto y vehemente a un tiempo mismo; que se había fortalecido de año en año en su seguridad, su fe, su compenetración.

Margarita tenía una plena confianza y una pasión profunda por su amante; no hubiera sido capaz de traicionarlo ni ofenderlo con el más simple pensamiento; pero su confianza había llegado a establecerse demasiado tarde para poderle revelar el embrollo de su situación. Ella deseaba darle siempre aquella sensación de bienestar burgués, de clase media acomodada, que le hacía agradable su hogar; que cada día lo atraía más hacia él. Conocía la repugnancia de Miguel hacia todas aquellas luchas que la rodeaban y que él no había conocido jamás. Ella se daba cuenta de que Miguel no podía comprender todo aquello; tenía miedo de que el espectáculo de su miseria y sus apuros influyera estéticamente sobre él de un modo desfavorable a su amor. Aquella idea la aterraba. Veía que uno de los factores del cariño de Miguel hacia ella era algo de ese orgullo paternal y creador que suele haber en los hombres superiores; ese sentimiento de donde brota la fuente de la idea de todo creador amando a su creatura. Él la quería como una creación suya, como una inteligencia engendrada y guiada por él. ¿Le perdonaría tantos años de disimulo cada vez que había alabado sus dotes de mujer administrativa y casera? ¿Por qué no se lo había confesado todo? Ya era tarde y debía callar. Siempre con una esperanza de prolongar su situación difícil y poder vencerla.

La fatalidad era aquella operación que había hecho para arreglar su situación primera hipotecando su renta. Había creído poder economizar para pagar los créditos y amortizar su deuda, pero cada trimestre su esperanza no se realizaba. No tenía fuerzas de voluntad para hacer más economías que Miguel, sin conocer el motivo, no se hubiera explicado. No era capaz de explicarse de una porción de cosas superfluas y necesarias a su belleza, que agradaban a Miguel. Quería conservar la misma situación al lado suyo. Así cada trimestre remachaba un nuevo eslabón de la cadena que la ligaba a la usura.

Nadie más que ella conocía la angustia de aquellos balances, lápiz en mano, en los que cada día las cantidades extraordinarias que se habían de pagar iban en aumento, y los ingresos disminuían. Eran necesarias nuevas deudas cada vez para amortizar las antiguas, y la brecha crecía, crecía, apremiaba, amenazaba tragarla en ella cuando ya no tuviese medios de dar dinero a todas aquellas gentes. Sentía a veces ansias de contárselo todo a Miguel, pero aquella absurda idea que ligaba la pérdida de su fortuna a la pérdida de su amor le hacía callar siempre.

Su carácter, algo ligero e inconsciente, venía, de otra parte, en su ayuda para mantener el mismo estado de cosas. Pasados aquellos agobiadores días del trimestre, parecía como olvidarlo todo, ante la tregua establecida. Se adormecía en su amor, tan leal y tan constante, y sólo a la llegada del nuevo trimestre volvía a agudizarse su inquietud, su tormento, sin más compensación que la dulzura infinita de aquellas horas de amor que a veces le hacían preguntarse con remordimiento si no era culpable al creerse desdichada poseyendo el bien de un cariño tan extraordinario.

Alguna vez, en sus momentos de pasión, Miguel le había hablado de vivir siempre juntos.

—Un hombre en casa, si se le ama es molesto, y si no se le quiere es insoportable —había contestado ella, haciéndose una gran violencia para pronunciar esas palabras, que despertaban en él el sentimiento de la libertad, y que se veía obligada a decir recordando lo falso de su situación.

Hasta alguna vez se había hablado, vagamente, de matrimonio, y ella, siempre bajo el influjo de la idea martirizadora, había dicho:

—¿Para qué? Es mejor estar unidos sólo por el amor y poder separarse el día que se acabe.

Y lo decía con la serena convicción de su fe en la firmeza de un cariño que no había de acabarse jamás.

Así había pasado el tiempo, lentamente para su amor, inmovilizado, como si lo respetase; sin una interrupción en su intensidad ni en su constancia; pero agudo, cruel, precipitado y punzante para acelerar la tragedia de su vida.

Se acercaba el momento crítico, el momento terrible. Aquel trimestre las deudas eran mayores que los ingresos. Le faltaba todo, todo, para conformar a los acreedores y para atender a sus gastos diarios. Asustada, aterrorizada, se repetía aquella pregunta:

—¿Qué hacer?

Aunque no encontraba la respuesta se sentía llena de ánimo, de fuerza. Se confiaba un poco a esa especie de inconsciencia que se adquiere cuando una y otra vez se ha pedido, se ha intrigado, se ha aguzado funestamente el ingenio en esa lucha sorda de la usura que destroza a un noventa y nueve por ciento de la humanidad y que desmoraliza y deprime.

Se confiaba a la suerte, a una lotería desconocida, a un azar improbable. Su fe era más bien una temeridad que allá, en el fondo, cada vez que se preguntaba:

—¿Cómo salir de este apuro? ¿Qué haré yo, Dios mío?

Parecía contestar:

—No lo sé... no lo sé... pero yo saldré.

III

La chispa luminosa brotó al fin: una segunda hipoteca. Si ella la pudiese encontrar pagaría todo lo menudo, y no quedándole ya ningún otro apremio, podría atender a librar su renta de aquel terrible gravamen. Era la única solución, pero ¿encontraría quien quisiera hacer aquella segunda hipoteca? Sabía por experiencia que las operaciones con mujeres solas eran dificultosas y difíciles, por más que se tratase de mujeres solventes. Parecía que en torno de ellas se acentuaba la malevolencia, el desamparo, que los usureros les daban más claramente la sensación de su superioridad para poderlas explotar mejor. Ya había pagado más de dos veces el total de aquella funesta cantidad que le habían prestado, y por un fenómeno extraño, cada vez su deuda aumentaba, como una planta maldita a la que las cantidades que entregaba hacían más lozana. Experimentaba la sensación de que aquella deuda habría de perseguirla hasta la muerte, más allá, implacable e inmodificable como la pena eterna.

Aquella mañana se levantó temprano. La impresión de la visita de Miguel se había esfumado bajo el influjo de sus pensamientos dolorosos, y con la evocación de la figura de aquel hombre hosco y huraño, aquel señor Luis que había ido a cobrar el trimestre de su hipoteca y que de un modo tan inapelable le había dicho:

—Esperaremos hasta el viernes; ni un día más.

Tenía sólo tres días de plazo.

Recorría con avidez la plana de anuncios de los periódicos, deteniéndose en esas negritas redondas y atrayentes, tan inmorales bajo su sencillez aparente, que no forman más que una sola palabra: DINERO. La palabra corruptora que había de fijar los ojos de tantos desgraciados y debajo: «Se facilita en buenas condiciones, propietarios, primera y segunda hipoteca. Calle de San Fermín, núm. 15. De siete a nueve de la noche. Reserva y discreción».

Y en aquella columna que manchaba el papel estaba repetida la palabra siniestra y tentadora, que parecía dejar oír su ruido metálico:

DINERO
DINERO
DINERO

Se daba por todo y para todo: «Sueldos del Estado», «Pensionistas», «Comerciantes», «Sobre muebles»... Parecía que no había cosa más fácil, más altruista, más al alcance de todos. Le parecía más bien una sociedad de beneficencia que una aterradora liga de usureros. ¡Todo protegía a aquellos hombres! Se les ofrecía la publicidad, con su condescendencia de buscona advenediza; se prostituía para cobrar unos céntimos de aquel dinero, haciendo sufrir al noble arte de imprimir la lascivia y la ofensa.

Tenía que aprovechar aquella única tarde en que no iba Miguel para escaparse a buscar aquel remedio que se le ofrecía tan a la desesperada.

Un poco antes de las siete salió de su casa. Llevaba doblado en la mano el periódico, como si no le bastara el recorte sólo para servirle de dirección. Sentía miedo de un encuentro casual con Miguel.

¿Cómo justificaría su presencia por aquellas calles apartadas? Asustada, detuvo un coche y entró en él con apresuramiento, mirando hacia atrás, atemorizada de que la viesen, y le dio la dirección al cochero con una voz ahogada, tímida, con vergüenza, como si fuese a cometer una mala acción.

La covachuela del usurero tenía un sello peculiar que parece protector de las gentes de su oficio, como si en ellas hubiera algo de una especie común, distinta de las demás, que desarrollan las mismas aficiones, la misma inclinación. Margarita conocía ya demasiado aquellas guaridas y sabía que era preciso buscar en ellas a los prestamistas, como a los murciélagos se les busca en los agujeros de los paredones en ruina y a las cornejas en las viejas torres de las iglesias. Así subió sin titubear la pina y sucia escalera de aquella casa antigua y nauseabunda, obscura y de paredes desconchadas y ennegrecidas. La impulsaban las negritas tentadoras rimándose en aquella armonía de sílabas, *Dinero*, que parecían ofrecerle un remedio. Se detuvo ante la puerta de madera grasienta sin atreverse a tocar una cadena de hierro a cuyo extremo pendía una argolla, pero alguien debía estar en acecho dentro, según lo rápidamente que se abrió la puerta al iniciarse el ligero tintineo de la campanilla. Un hombre mal vestido se apartó para dejarla entrar en el pasillo. Ella sintió el miedo que siempre la invadía en aquellos antros.

—Al señor... —balbuceó sin saber qué nombre pronunciar, dando vueltas entre las manos al periódico.

—Espere ahí.

Se halló en un gabinete grande, de casa antigua, frío y con olor de humedad, donde ya esperaban dormitando otras cuantas personas, que volvieron la cabeza con esa hostilidad con que se mira siempre al recién llegado. Ella sentía una instintiva vergüenza de verse allí, de que Miguel pudiera saberlo, de hallar algún conocido. Así tuvo que esperar más de una hora; a cada nuevo llegado ella volvía también la cabeza con hostilidad y con miedo, tranquilizándose de ver un desconocido. La puerta se abría con frecuencia, al aviso desagradable, cascado, de la campana, para tragar a los que llegaban. El criado parecía estar allí a fin de no dejarlos escapar. Escuchaba algunas frases:

—Vengo a traer la mensualidad —decía uno.

—No vengo más que a rogarle que me espere un par de días —decía otro.

—Me ha mandado venir a esta hora —afirmaba un tercero.

—Necesito verlo —exclamaba, con impaciencia, un caballero.

—Tengo mucha prisa —murmuraba una mujer.

—¿Don...? —formulaba otra con la misma vacilación que ella había sentido.

El siniestro criado tenía para todos la misma frase, que parecía sugestionarlos:

—Espere ahí.

Iban entrando, iban sentándose en los mugrientos sillones de tapicería para mirarse estúpidamente unos a otros. Algunos se saludaban sin saber sus nombres, porque los había hecho conocidos la frecuencia de encontrarse allí, en aquellas largas horas mortales de espera en que a todos parecía acometerles el mismo malestar nervioso. Unos sacaban el reloj, otros cambiaban de actitud a cada momento, algunos hacían un movimiento de piernas semejante al piafar de los caballos, había en todos los labios una frase de impaciencia o de maldición.

La puerta que daba al despacho del usurero se abría, se escuchaba una voz alegre y autoritaria que dominaba siempre en un diálogo, en el cual uno de los interlocutores hablaba en voz baja. Las frases que llegaban hasta la sala ejercían en la imaginación de los que esperaban la influencia que los apetitosos olores de cocina ejercen sobre los estómagos hambrientos.

—Crédito.

—Sí.

—Operaciones.

—Está bien.

—Comisión.

—Pesetas.

—Capital.

Siempre se oía una sola voz.

Ella hubiera querido ver la cara de los visitantes después de estos diálogos, pero salían por una puerta distinta de la que habían entrado, la cual comunicaba con el pasillo, donde los esperaba el criado. Creía adivinar que todos salían tropezando y se marchaban en silencio.

Sin quererlo, había algo de ritual en todas aquellas cosas. Se parecían unas a otras con ligeras variaciones; todos los gabinetes tenían los mismos cuadros de marco dorado, con caravanas de camellos y mujeres bíblicas, y en todos estaba la Venus de Milo, como una profanación, desprovista de su belleza en aquel ambiente que la vulgarizaba y la empequeñecía.

Cuando le tocó su turno penetró en el despacho del usurero. Este estaba lejos de ser el hombre viscoso que esperaba encontrar. Era un hombre alto, bien portado, de barba rubia, y un aire entre jaquetón y cínico, que la saludó con afectada galantería.

Ella le expuso con timidez la situación: necesitaba unos miles de pesetas para levantar su hipoteca y que le quedase un sobrante capaz de cubrir todas las deudas que la agobiaban, a fin de no tener que atender más que a ese solo compromiso.

Conforme hablaba, el usurero torcía el gesto con visibles muestras de un desagrado sistemático, que debía emplear a fin de desanimar y vencer a sus clientes:

—Segunda hipoteca... no es negocio claro... Ya le han dado más de lo que podemos ofrecerle.

—Pero si la finca vale veinte veces más —exclamó ella.

—Sin embargo, sin embargo... los inmuebles tienen contribución, están sujetos a accidentes..., necesitan reparos... Es un mal negocio. ¿No tiene usted algún amigo que la garantice?

—No...

—¡Parece increíble, siendo tan bella!

Aquel piropo sonó en sus oídos como un latigazo grosero.

—¿Qué quiere usted decir?

El usurero la miró de un modo insolente, acariciándose la barba rubia con mano plebeya.

—Nada, hija mía.

Margarita sintió una llamarada de rubor subirle al rostro; pero el recuerdo de su situación la contuvo.

—Si usted no puede hacer esto... —dijo levantándose.

—Yo deseo complacerla, señora —exclamó él, como si quisiera corregir su ligereza—. Pero antes es necesario que yo vea los títulos, las escrituras. Se necesita hacer una información en el Registro... Todo esto exige un adelanto de diez pesetas, que usted debe entregar, y que si existe gravamen no tiene derecho a exigir que se le devuelvan.

—No, no hay más gravamen que el que confieso.

—Bien. Entonces usted se suscribirá como cliente de la casa. Nosotros tenemos un reglamento, según el cual no podemos operar más que con los clientes. Vea, señora —añadió entregándole una hojita impresa—. La Extraordinaria ofrece grandes ventajas. Tiene usted que firmar, entregando cinco pesetas de entrada...; luego es una sencilla cuota de dos pesetas al mes, y tiene usted derecho a multitud de ventajas.

—Sí, desde luego—exclamó ella, deseosa de terminar—. ¿Cuándo podríamos celebrar el contrato?

—¡Oh! Hay que ir poco a poco; si la información es satisfactoria, y una vez que usted sea nuestra cliente, podremos proporcionarle la cantidad, que no podrá ser tan crecida como usted desea, porque atravesamos una crisis financiera terrible... Se hará la escritura, cuyos gastos, así como los de la comisión, estarán a cargo de usted, y como esa cantidad que usted fija para la amortización es tan exigua, deberá usted firmar la cantidad de...

Se interrumpió, y con mano hábil cubrió de hileras de números: sumas, restas y multiplicaciones, una hoja de papel, diciendo:

—Sí..., usted desea catorce mil pesetas. Tendrá que firmar treinta y ocho mil...; es el interés en el tiempo...

Margarita estaba anonadada.

—Y no crea usted—siguió aquel hombre implacable—. Es una cosa excepcional. Mi deseo de servirla. Además, no sé si se podrá conseguir la cancelación de la hipoteca...; a veces surgen dificultades...

—¿Pero qué dificultad, si se entrega el dinero recibido?

—No sé..., no sé... Ignoro en qué forma la habrán cogido... Pero si usted se decide...

La pobre mujer estaba vencida.

—¿Cuándo estaría la operación?

—La semana próxima.

—¡Oh! Mi necesidad es más urgente.

—Antes es completamente imposible. El que ha de dar su dinero necesita asegurarse. Son varios los capitalistas que tienen depositada en mí su confianza, mis socios..., el dinero no es mío... Tiene que tener un poco de paciencia.

Margarita no se atrevía a cerrarse aquella esperanza de salir de su apuro. No le parecía tan monstruoso dar más del doble de lo que recibía, con tal de ganar tiempo. Era su tiempo lo que tenía que pagar. Transigió, y abriendo un portamonedas ofreció a aquel hombre sus quince pesetas, que él no se dignó a tomar, y con un gesto le indicó que las dejase en el ángulo de la mesa mientras le extendía el pomposo recibo de socio de la sociedad de socorros mutuos La Extraordinaria.

Salió a despedirla muy amable, hasta la puerta, recomendándole:

—No deje de venir el lunes, señora; ya sabe que esta es su casa.

En el fondo de la antesala cruzó una mujer alta, gorda, fastuosa, con una soberbia bata de encajes que le dejaba al descubierto la garganta y los redondos brazos, se detuvo junto a la puerta y sacó, por entre los portieres de yute estampado, una cabeza con peinado voluminoso y simétrico. Margarita la reconoció: aquella mujer opulenta y cuidadosamente peinada, de la bata amplia, era la figura de mujer que cruzaba siempre como si espiase por todas las antesalas de los usureros.

IV

Aquella noche, a pesar de todos sus esfuerzos, no podía desechar la triste impresión que pesaba sobre su ánimo. Miguel estaba tranquilo y confiado como siempre.

—¿Has salido? —le preguntó.

—Sí —repuso ella, después de titubear un momento.

—¿Dónde has estado?

—Di un paseo.

Sabía que aquello agradaba a su amante, siempre cuidadoso de su salud.

—¿Por dónde? —insistió él—. Ya sabes que me gusta conocer todo lo que haces, niña mía.

Ella alegó su falta de conocimiento de Madrid para no fijar con precisión el itinerario. Había vagado por las calles, porque ya era tarde para poder ir a alguno de los escasos sitios de las afueras. Como no le gustaba la promiscuidad de esa multitud que sale a la calle para molestarse unos a otros, había huido del centro. Se había paseado por la Plaza Mayor, había bajado la escalerilla de piedra, y luego, por allí, por calles antiguas, por plazas silenciosas y románticas, contemplando las grandes casas viejas, con su extensión de palacios, su solidez y su seriedad, tan enterizas y tan solemnes; había respirado un ambiente lejano, pasado, que parecía haber inmovilizado allí un Madrid de leyenda, de Edad Media; un Madrid que ella amaba más cada día conforme penetraba en su complejidad, descubriendo mayores bellezas. Quería prevenirse así del peligro de que él la viese en aquellos barrios apartados.

Miguel la escuchaba contento. Percibiendo los menores destellos de un espíritu que él había despertado para hacerlo sensible a todo aquel orden de ideas y de sensaciones. Sin embargo, protestó:

—No me gusta que vayas sola por esos sitios.

—Es que me gusta tanto Madrid porque es tu Madrid, porque tú eres madrileño.

La caricia de sus palabras terminó la discusión, y Miguel encendió, como siempre, su cigarro para gozar de la molicie de aquellas horas de amor y de reposo; pero la intranquilidad de Margarita era tan visible que no pudo dejar de notarla.

—¿Estás mala? ¿Te sucede algo?

—Nada. Nada —afirmó ella, tratando de hacer persuasiva su voz—. Es que la lectura de ese libro me impresiona. Me aterra ese final tan frío, tan seco, de los amores de la condesa Martín. Yo preferiría una catástrofe, una puñalada, un suicidio... ¿qué sé yo?

—¡Oh! —murmuró él, besándola—. Nada de eso sería tan artístico, tan inolvidable.

—Pero nada dejaría esa impresión de desconsuelo. Es más asustador que el amor se pierda así, en ese olvido.

—Es la vida.

—¡La vida! —repitió ella, mirando a Miguel con sobresalto.

—¿Crees tú que eso es la vida?

Se estrechó como asustada contra su pecho, y repitió:

—¿Podrías tú olvidarme?

Sentía todo el horror de aquel momento de revelación que se acercaba y que podía provocar una crisis y un cambio de sentimientos en su amante.

Todas las caricias de Miguel no lograron desvanecer aquel fondo de amarguras que la agobiaba.

Tan pronto como él se despidió, ella corrió hacia su secreter y escribió unas líneas que encerró bajo un sobre.

—Es preciso que venga Regina —se dijo—; ella, tan fuerte y valerosa, sabrá sacarme de esta situación. Es preciso que yo venza; es preciso que salve mi amor.

En toda la noche pudo dormir, y apenas sus ojos se entornaron al sueño de la mañana entró su amiga Regina; una mujercita pequeña, menuda, de facciones aguileñas y ojos de un negro intenso y vivísimo, en los que se refugiaba una llamarada de espíritu y de voluntad tan enérgicos como insospechables en su figura delgadita y delicada. Margarita sacó los brazos fuera de la cubierta para abrazarla con efusión:

—Ven, Regina, te esperaba impaciente. Me sentía morir, y he recurrido a ti. Mi mejor amiga.

—¿Qué te pasa? —preguntó Regina, con un afectado aire de frialdad, conducente a formar un juicio seguro y exacto de las quejas de su amiga.

Esta le expuso en pocas palabras lo que le sucedía.

Regina se quedó pensativa.

—No sé por qué motivo has de ocultar así tu situación a Miguel —dijo al fin—. Es bueno, leal, te quiere verdaderamente y nadie como él podrá darte consejos y ayudarte a salir de todo esto.

Un gesto de contrariedad se dibujó en el semblante de Margarita.

—¿Es eso todo lo que te ocurre? Pues yo preferiría tirarme por el viaducto.

—No he querido ofenderte —arguyó Regina con su acostumbrada dulzura.

—Perdóname —corrigió Margarita, arrepentida de su mal humor—; pero tú sabes que lo que más me aterra es la opinión de Miguel. En su amor entra por mucho nuestra paz; esa pureza que él extiende como un palio a su alrededor. ¿Qué pensaría, de descubrir toda la tramoya de mi vida, todo este trato constante, humillante, abrumador con usureros, corredores, fiadoras y prestamistas? Todas estas gentes que en mis días de apuros y de luchas me han ido envolviendo en una red invisible, que yo siento pegada a la carne como una lacería y que cada día crece, crece... crece como el mal de los lazarinos.

—Cálmate, Margarita; yo creo que exageras. Las deudas en tu casa son una patente de honradez. No pueden considerarse como una depravación, dentro de tu vida metódica y sencilla —repuso Regina.

—Pero es que tú sabes que no he sido prudente siempre... Esto evocaría para Miguel un tiempo que no ha sido suyo y que yo desearía borrar.

—Hay que ser animosa, fuerte... Las cosas no son malas sino porque nosotras las enconamos... Todo parece agotado, y luego nunca falta un resquicio por donde penetre la claridad.

La mujercita menuda y frágil hablaba llena de confianza y de optimismo, y su voz suave y entusiasta iba penetrando en Margarita.

—Pobre Regina; tú que sufres tanto me das consuelos a mí —le dijo.

—Yo sufro, sí —repuso Regina—. Pero la vida es muy bella...; hay aire..., sol..., flores... Vivir es hermoso, y realmente no hay derecho a quejarse de nada cuando se tiene la idea de vivir y se sabe saborear la vida.

—Eres muy buena.

—No, créeme. Es que he llegado a comprender que no existe nada malo si no lo hacemos malo nosotros. Tu sufrimiento proviene de esa tortura, de ese engaño que te impones. Si dijeras la verdad, dejarías de sufrir. Es el alivio de la confianza el que necesitas... Yo lo sé... No tendría pesar ninguno si no tuviera que obrar siempre a espaldas de mi marido y de mis hijos. Créelo, el que unas personas tengamos desconfianza de las otras pensando en cómo nos juzgarán es lo que engendra el dolor en la vida. Yo no estoy menos apurada que tú.

—Pero a ti tu marido te entrega lo necesario para sostener tu casa.

—Sí...; pero yo lo tengo todo gastado.

—¿Qué has hecho?

—Pagar, pagar... pagar esos mil atrasos que no se sabe cómo se producen... Un duro que falta un mes, y que al querer pagarlo hace que falten dos al siguiente, cinco al tercero, y que al fin nos hacen caer en la sima...: recurrir a la usura..., la red de la que no se sale nunca.

—Pero ¿por qué no acudes a tu marido, y con sinceridad...?

—Por lo mismo que tú no te confiesas a Miguel.

—Es distinto. Yo tengo mi vida independiente.

—Y eso está en favor tuyo. A mí me llamaría mala administradora, diría que dilapidaba el fruto de su trabajo. Mis hijos le ayudarían...; ya se quejan bastante de carecer de mayor suma de comodidades que creen que les podía proporcionar...; y ya ves, yo... No malgasto nada.

—Has llegado a esta situación, como yo, porque la vida nos lleva sin saber cómo. Tal vez somos un poco débiles; pero no se sabe cómo luchar contra lo que se necesita. Tú, además, tienes una bondad excesiva que te hace olvidarte de ti para socorrer a los demás.

—No... Es verdad que si veo una necesidad y la puedo remediar, lo hago...; pero es insignificante.

—¿Pero en la situación en que tú estás puedes remediar necesidades ajenas?

—¡Claro que sí, cuando lo hago!

—A costa de tu tranquilidad.

—No sería gracia si no costase un esfuerzo... No se puede llamar sacrificio, porque me proporciona placer el obrar así. Más bien es un egoísmo. Cada una es como es.

—¿Cuánto has dado este mes?

—Nada..., casi nada. Sólo cuatro duros a una pobre mujer, que está enferma y que no puede trabajar, para que comprase unas mercancías y las revendiera.

—¿Y a tu nodriza?

—Dos duros, para pagar la casa.

—También me ha dicho Dolores que le compraste las medicinas a su hijo...

—No iba a dejarlo que se muriera. Pero comprende que todo eso no llegaría a producir la desnivelación. Es algo más hondo, casi inexplicable, que altera constantemente el presupuesto con gastos imprevistos, urgentes, y que poco a poco nos obligan, nos dominan... Esos mil apuros pequeños, hasta ridículos, que hay que ocultar a los ojos de todos; que no los note la familia, que no lo adviertan los criados... Pero ahora no debemos hablar de esto. Es preciso buscar el remedio en el mismo mal, acrecentándolo. ¿Qué hay de tu proyecto de segunda hipoteca?

—He ido a casa de uno de esos seres repugnantes, y ha quedado en contestar el lunes. ¿Qué hacer mientras? Ya sabes que sólo hasta el viernes me esperan.

Regina se quedó callada y reflexiva.

—¡Lo tenemos todo tan agotado! ¿No tienes nada que empeñar?

—Nada. He empeñado ya hasta las papeletas del Monte de Piedad, que es como empeñar de nuevo los objetos.

—¿Nada que vender?

—En absoluto. Todas estas cosillas de valor artístico, que tan caras cuestan, son miradas con menosprecio por esos prenderos que ofrecen cantidades irrisorias por los objetos que nos arrebatan. Mejor sería quemarlos.

—Quizás, si no nos hicieran falta esas pequeñeces, y a veces con más precisión que una cantidad grande.

—Pero los ricos deberían destruirlos o darlos, por moralidad, para no fomentar el vicio, mejor que venderlas a los prenderos.

—¿No viene Mercedes, la fiadora?

—No se puede pensar en ella. Mercedes me ha dado la tela de mis últimos trajes... Cobrándome el triple de su valor.

—Y Juana, la prestamista, a peseta por duro al mes.

—Le tengo terror...; y no es eso lo malo..., sino que le debo y tampoco me daría.

—Más vale así, aunque creas lo contrario. A mí me prestó cien duros, hace un año, y aunque ya le llevo pagadas mil doscientas pesetas, sigo debiéndole los cien duros y en pie la obligación de pagarle veinte duros al mes. Además, le tengo miedo; tú sabes la historia negra de esa mujer. Parece vengarse del desprecio que inspira persiguiendo a los que le deben. Todos los primeros de mes recibo una serie de tarjetas por el correo en las que me pide lo que le debo con palabras destempladas. Lo hace así para que tenga que avergonzarme delante del portero, de los criados... No le contesto jamás.

—Sí, su especialidad es perseguir. Pero sucede una cosa muy graciosa. Cuando empezó el oficio tuvo un administrador muy inteligente que dirigía la casa... ese administrador tuvo que salir un día huyendo como José de la mujer de Putifar, porque la doña Juana, tan gordita y tan luciente, tiene pasiones volcánicas.

—Me haces reír, a pesar de todo.

—La buena de doña Juanita conserva los borradores de las cartas de apremio que le había hecho su administrador, y cuando le parece coge uno y lo envía al acreedor, pegue o no pegue; como aquel médico que llevaba las recetas en el bolsillo y las iba repartiendo a la suerte entre los enfermos. Para ella el caso es intimidar. Persigue de una manera terrible, implacable.

Margarita ya no escuchaba.

—¿Si buscáramos un corredor? —dijo.

—Nos explotaría también. Uno más. Esto es todo una red asquerosa, una cizaña, una polilla social que no se conoce bien. Sería preciso retratarla; poner de manifiesto cómo vive toda una ciudad que vive así, del préstamo, del engaño. Las fortunas principales están heridas de esta lesión. Apenas hay edificio sin hipoteca, empleado sin retención, comerciante sin deuda, obrero sin trampas. Es el verdadero cáncer.

—¿Pero dónde irá a parar todo ese dinero?

—A ocultarse y perderse, como si fuese un arma criminal después de haber matado.

—¿Y no hay una ley que proteja?

—A ellos, sí. Porque la única que no les favorece, la ley de la Usura, esa que limita su latrocinio, ya saben burlarla, con una letra de comercio, con una escritura en la que la necesidad nos obliga a confesar haber recibido más dinero del que nos entregan; con un pagaré en el que el rédito no figura para nada. Se dice que quien hizo la ley hizo la trampa; pero luego lo hemos repartido, y la trampa sirve para escaparse ellos y la ley para fastidiar a los inocentes. Ya ves lo que sucede con las casas de empeño. Cualquier fiscal podría llevar sus joyas a ellas.

Margarita lloraba; aquel cuadro aterrador de la miseria general, del malestar de todos, de lo irremediable de la llaga abierta ante sus ojos la apenaba haciéndole olvidarse de ella misma. En aquel momento hubiera consentido en su miseria y su ruina por ver acabada toda aquella vil especulación de la usura, porque no existiesen aquellas gentes que eran como de una raza aparte, de una humanidad inferior.

Comprendía que si no existiese la usura, la previsión de cada uno evitaría las ocasiones en que hacía incurrir esa engañosa facilidad de hallar el remedio después.

La usura no era sólo el mal individual, sino el mal social que envicia y detiene las más importantes iniciativas, que embota la cantidad de revolucionarios que hay en cada uno de nosotros, que hace que las exigencias trágicas que surgen en la vida se conviertan en mediocres y flojas. Sin esa plaga el esfuerzo de cada uno sería mayor, mayor su consciencia y su intervención en los asuntos del Estado.

Regina no comprendió lo que pasaba en el alma de su amiga, e intentó consolarla:

—No te apures...; no se sabe cómo se sale de estas cosas, pero se sale siempre. Ya que no tenemos amigas ricas, haremos una alianza de pobres. Esta noche, cuando se vaya Miguel, ven a casa de Marta. Allí pensaremos algo.

—¡Tan tarde!

—¡Qué más da! Yo te esperaré allí. Ella conoce...

—Si es preciso, iré —exclamó con resolución Margarita—. Una sola no puede luchar contra todo esto. Es preciso someterse.

Pero allá, en el fondo de su alma, se alzaba la rebelión que acababa de sentir, y pensaba que sería bueno fomentar la usura, hacerla crecer, desarrollarla, que se la sintiese en todo; que se la viese bien; que pesara, aplastara, ahogara, a ver si de ese modo la rebeldía que ella experimentaba encontraba eco, y la sociedad se convulsionaba y despertaba para acabar con aquella lacería que la corroía.

V

Marta pareció desagradablemente sorprendida por la visita de sus amigas.

—¡Cómo tan tarde!

—Son las once.

—Acaban de cerrar la portería, y temo que las vecinas y las porteras oigan entrar a estas horas... Mi situación es muy delicada.

La preocupación de Marta era la de ser considerada y respetada. Era hija única de un alto empleado de Administración, el cual, entregado a una vida de laboriosidad constante, la había educado lejos de todo trato y de toda diversión juvenil, hasta que ya su edad madura la autorizó para tener amistades con otras damas severas, aristocráticas, importantes, cuya opinión la preocupaba en extremo y le hacía imponerse toda clase de sacrificios, atenta siempre a lo que de ella pudieran pensar y decir.

Una larga enfermedad de su padre, para atender a la cual no bastaron ni su sueldo ni sus escasas economías, le había hecho caer también en los lazos de la usura de un modo más doloroso, cuanto su necesidad de guardar el secreto le hacía pagar mayores réditos con tal de no salir de un reducido número de personas que la conociesen. Margarita y Regina, sus amigas de la infancia, eran las únicas que conocían su situación.

Algo molesta por la frialdad de su acogida, Margarita formuló:

—Vengo porque estoy desesperada.

—No hables así —interrumpió Marta, con la calma de buen tono que había logrado hacerse—. Yo ni siquiera me indigno ya...

—Es que mi apuro es muy grande.

—Si crees que yo puedo solucionarlo..., mis escasas alhajas están a tu disposición...; puedes disponer.

—No —contestó con disgusto Margarita—. Necesito sólo que nos orientes para que podamos encontrar un puñado de pesetas que nos son urgentes.

—¡Pero si Regina y tú conocéis más que yo!

—Es —intervino Regina— que ambas tenemos agotados todos los recursos, y el apuro de Margarita es decisivo; se trata de su hipoteca..., su ruina completa...

—¡Dios mío! —exclamó Marta con un interés declamatorio.

—¿Creéis que pudieran dar algo sobre mi orfandad?

—¿La tienes libre?

—No...

—Entonces, es imposible.

—¡Cuánto lo siento! Yo os quisiera servir...; pero ya veis... yo soy una persona de orden, tengo ya una sola deuda... y deseo ardientemente volver a recobrar mi equilibrio, aun a costa de las mayores privaciones.

—Haces bien —repuso, algo picada, Margarita—. En la usura no es lo malo lo que tenemos que pagar, sino cómo nos envuelve y nos falsea el sentido de la vida. Cómo nos vamos acostumbrando a pedir a los unos para pagar a los otros.

—No —interrumpió Marta—; yo creo que exageras. No es lo malo pedir y pagar, lo malo es el peligro de que se sepa.

—¿Por qué? —preguntó, con sorpresa, Regina—. Yo no creo que sea un crimen ni un delito procurarse decentemente lo que una necesita.

—No lo es, en efecto —arguyó Marta—; pero es una irregularidad de mal gusto que la sociedad no tolera. Si una mujer como nosotras aparece llena de deudas, ante la opinión queda por completo desconceptuada *de clase*. Todos se preguntarán: «¿En qué echará el dinero?», «¡Su posición no es para estar así!», «¡Es una manirrota!» o «¡En algo lo gastará!». Tengo la seguridad de que si muchas de mis amigas supieran lo más mínimo de esto me negarían el saludo.

—Pues deben ser unas damas excelentes, cuyo trato será una lástima no conservar —dijo, con ironía, Margarita.

—¿Cómo no? —repuso, con seriedad, Marta—. Son mujeres previsoras, de orden.

—Di, más bien, sin corazón o incapaces de hacer un favor.

—No lo creas. No es que no se conmuevan, como Regina o como nosotras, ante una desdicha; es que la caridad bien entendida empieza por uno mismo. Y es mejor ser sensatas, tener juicio, que no verse así.

Margarita guardó silencio, pensando en que si aquellas gentes severas, de orden, eran las que habían de concluir con la usura, tal vez valiera más no dar la batalla. Le parecía tan perjudicial la usura como la virtud árida y feroz que se le presentaba junto a ella.

—Para tener buenas amigas —siguió Marta— es preciso no sólo no pedirles nunca nada, sino que no nos crean en el caso de podérselo pedir. Por eso yo, al contrario de vosotras, no abomino de los usureros. Los creo verdaderamente útiles, porque merced a unas cuantas pesetas nos sacan del apuro sin menoscabo de la dignidad.

—En eso tienes razón —afirmó Regina—. Siempre que he tenido que pedir un favor a un amigo me he visto en el caso de humillarme...; unos me han pedido cuentas..., otros me han dado consejos... Casi todos han creído que no les he agradecido el favor bastante. El usurero es preferible al amigo. No hay duda.

—Es terrible esto —murmuró Margarita.

—Pues así vive un 99 por 100 de Madrid. Los usureros, los prestamistas, las fiadoras, los bancos de crédito...

—Y ya comprenderás que son necesarios —atajó Marta—. Nadie estamos obligados a sacrificarnos por los demás. La amistad, cuando no tiene la intensidad de la nuestra, es un afecto que no puede pedir sacrificios. El trato social debe ser agradable, y hasta por estética tenemos la obligación de no molestar a los demás con nuestros apuros. ¿Recuerdas la anécdota de aquella buena dama anciana que invitaba a sus reuniones indicando que fuesen bien vestidos? Pues no hacía más que tener la ingenuidad de decir lo que los demás piensan. El mundo es así.

Margarita se puso de pie, impaciente y nerviosa.

—¿De modo que no conoces a nadie?

—Sí, conozco a una euménide.

—¿Cómo?

—Es un nombre del que yo me valgo para designar a las usureras.

Las dos amigas no pudieron menos de reír.

—¿Conoces a alguna? —insistió Regina.

—¡Una, en cuyas manos nos libre Dios de caer!

—No, di, di su nombre.

—Es terrible.

—Pero recuerda lo que has dicho antes: más vale una furia que un amigo.

—Es que esta de que os hablo ejerce su oficio de un modo muy particular. Ella no da dinero, sino alhajas y mantones de Manila que habéis de recibir en depósito por un tiempo determinado.

—¿Y qué se hace con eso?

—Se empeña, y luego para su día se desempeña y se le entrega juntamente con los réditos, que son más de una peseta por duro al mes.

—¿Más?

—Es encantador.

—Pero líbreos Dios de faltarle. Os lleva a la cárcel, sin remisión, porque en el documento que le firmáis es preciso obligarse a no empeñar, vender ni alquilar a nadie la prenda.

—¿Pero no sabe que es para empeñarla?

—Lo sabe perfectamente; pero tiene que fingir que lo ignora. Vosotras habéis de representar la farsa de que es para vuestro uso.

Las dos amigas se miraron indecisas.

—Me remuerde la conciencia de hacer que caigáis en tales manos.

—No importa —exclamó Margarita, levantándose con decisión—; cuando la vida nos coloca en el caso en que yo estoy, se firmaría hasta la sentencia de muerte. ¿Dónde vive la usurera?

—La tenemos bien cerca; esa gente gusta de calles céntricas; cada oficio tiene sus variaciones correspondientes. Toma una tarjeta con su dirección: calle de Silva.

—Doña Matilde Irroguarriche; es un apellido montañés.

—Esta mujer no tiene patria. Procura siempre no ser paisana de nadie. Si le dices que eres gallega, te dirá que ella es andaluza, y si le dices que tú eres de Andalucía, ella se declarará catalana. Siempre lo opuesto. La encontraréis al anochecer; como todos los usureros, prefiere las sombras del crepúsculo.

—Iremos en tu nombre.

—Como queráis; pero doña Matilde tiene de bueno el que no conoce a nadie. Es mujer que no tiene memoria más que para sus cuentas.

VI

—¡Pobre Regina! ¡Qué buena eres en acompañarme! —dijo Margarita, estrechando la mano de su amiga, estremecida penosamente ante el aspecto de aquella casa deslucida y polvorienta, de persianas corridas, en la que habían de hallar a la usurera deseada.

—Anda, tonta —repuso esta con su sencilla alegría acostumbrada—. Yo no soy más que una egoísta. Necesito también unas pesetas, porque la hija del guarda ha dado a luz y no tiene ni con qué poner el puchero.

Entraron en el portal.

—La señora Irroguarriche.

—¿Quién? —preguntó, extrañada, la portera.

—La señora Irroguarriche.

Se miraron las dos, desconcertadas.

—Doña Matilde Irro...

—¡Ah! Doña Matilde. ¿Preguntan ustedes por doña Matilde? Ahí, a la vuelta, esas escalerillas del bajo.

Estaba, en verdad, bien dispuesta la entrada para que los visitantes se perdieran en el recoveco al entrar, sin dar tiempo de ser vistos desde la calle. Allí empezaba una escalerilla de sótano al que la portera daba pomposamente el nombre de bajo.

Se abrió la mirilla y una voz preguntó:

—¿Quién?

—Servidoras.

—¿Qué buscan?

—Doña Matilde I...

—¿De parte de quién?

—De la señora de Rodríguez.

—¿Dónde vive esa señora?

—En la calle de las Infantas.

—Bueno.

La persona que había observado bien por la mirilla durante este diálogo cerró y se retiró; al cabo de un rato volvió a abrir y a mirar luego, y al fin se escuchó un ruido de cerrojo, llaves y cadenas. Al fin se abrió la puerta.

—No dirás que aquí no hay precauciones —comentaron las dos amigas.

Una criada alta, gruesa, fornida como un jayán, de aspecto sucio y mal peinada, las condujo al amplio salón donde esperaba doña Matilde.

Las dos miraron con curiosidad. Era una mujer de treinta y ocho a cuarenta años, bien conservada, bajita y regordeta, con un aspecto de perinola; prominente de pecho y posaderas; vestía con un mal gusto llamativo, traje de terciopelo bordado de pieles, extremadamente corto, para dejar ver el pie grande y la pierna gorda de tobillo, calzados con una finísima media y un zapato de charol, bajo la falda ceñida.

Llevaba sortijas, aretes, brazaletes y alfileres en profusión, y en el cabello, negrísimo y muy rizado, se entremezclaban adornos de todas clases. Saludó con una finura muy afectada, y dijo:

—Vienen ustedes de parte de una persona tan distinguidísima que yo me siento obligadísima y agradecidísima de su visita. Ya habrán ustedes visto que aquí no se trata de habérselas con una persona vulgar e inculta, como hubieran podido suponer, sino de una verdadera señora. Aunque me esté mal el decirlo.

—Ya nos lo había dicho doña Marta y —protestaron las dos mujeres—muy honradísima.

Cuando Margarita le hubo expuesto brevemente su deseo de llevar alguna joya, la usurera se levantó y, abriendo una caja, sacó una porción de estuches.

—Si quiere la señora algo mejor que esto, tendré que ir al banco; allí tengo depositado lo que sería peligroso tener en casa. Estos brillantes... vea la señora qué luz tienen —se los acercaba al rostro—, qué tamaño; se tasan en mil pesetas y se dejan sólo por el diez por ciento de su valor, o sea por cien pesetas. Sólo por cien pesetas la señora puede lucirlos todo el mes. El año pasado los tuvo cinco meses la duquesa de Urdíales. La primera actriz del teatro Dramático me da cincuenta pesetas por una noche, cuando quiere hacer una princesa... Y luego decían que se los había regalado el marqués de Martinón... y otros que el empresario... Aquí tiene usted un collar de perlas. Dos mil pesetas; lo quiere la condesa de Matraca este año para las fiestas de palacio... Este mantón lo usó la célebre bailarina Satanela, y dio el golpe.

Las dos miraban todo aquello sin saber por qué decidirse. No sabían calcular ni lo que les darían por aquello en el Monte ni cuánto tendrían que pagar por todo.

—¿Y si lo quiero tener más de un mes?

—Eso es igual, con tal de que pague los réditos, y no preste, empeñe ni venda la prenda... cosa imposible, porque la señora firmará un compromiso por el cual incurre en responsabilidad criminal. Hay quien abusa porque en el Monte dan la cuarta parte del valor de tasación.

Aquel dato encubierto facilitaba el cálculo. Necesitaba dos mil pesetas para tener cien duros, que le costarían doscientas pesetas mensuales, sobre el rédito del Monte.

—¿Y cuándo podría llevarme las alhajas? —preguntó.

—La señora me deja la cédula para informarme, y mañana por la mañana me tendrá en su casa.

—¿Irá usted?

—Yo misma. Esto no se puede enviar con nadie.

—Si acaso hay gente, diga que va usted de parte de doña Marta y que me pide una recomendación para... para cualquier cosa... sombreros... abrigos.

—Hablaré de una pobre muchacha que protejo; yo, por mi porte distinguidísimo, no puedo hacer ciertos papeles; ya... ya comprendo... hay hombres por medio... el refrán lo dice... «al hombre del codo y no del todo»... yo sé ser discreta, pero es preciso asegurarme... tener carácter. La señora conoce al barón Bienvenida, ¿verdad?

—No.

—¿Ni usted tampoco?

—Tampoco —contestó Regina.

La prestamista pareció mirarlas con lástima.

No comprendía a aquellas dos mujeres que no conocían al barón.

—¡Pero si el barón es el hombre de moda, el más elegante de Madrid! El que se iba a casar con la duquesa de Dubarry, esa millonaria... yo le estropeé la boda.

—¿Cómo?

—Estuvo ocho días entreteniéndome para pagarme la mensualidad de la pulsera de pedida, que le había hecho creer que era de casa de Ansorena... y me presenté a pedirle el dinero a la novia. ¡Fue una escena! ¡Me quería matar y todo! Pero hay que hacer que escarmienten los tramposos... Si se cumple, no hay cuidado... el alma y la vida... a lo que estamos, una se tiene que ganar un real para la vejez... No queda nada, después de todo... lo comido por lo servido... y todavía hay gentes que miran esto mal. ¿Qué es lo que elige la señora?

—Esa pulsera de brillantes de dos mil pesetas.

—Ya sabe la señora lo que se hace. Por doscientas pesetas, llevar todo el mes al Real una joya así... en ese brazo, para volver loca a media humanidad y que le regalen otra mejor... o tan buena... más no puede... está en la mitad de su valor. ¿Quiere firmar la señora?

—Con mucho gusto.

La mujer se acercó a una mesa, sacó un libro, rebuscó unos papeles y los presentó a la joven, que firmó después de una lectura en la que no se enteró de lo que leía.

—Está bien. Puede la señora llevarse el resguardo y canjearlo mañana por la joya. Aquí hay formalidad... no es como otras, que se valen de la ocasión y hasta dan piedras falsas y luego las exigen legítimas... Yo soy honradísima... Ya verá la señora... los que me tratan, me quieren...

—No lo dudo.

—Como la señora tendrá que molestarse en traerme el dinero, sin falta del día uno al dos de cada mes, ya le presentaré a mi niño... Yo soy viuda... tengo un niño preciosísimo, inteligentísimo. Le adoran todos... tiene una hucha y cada mes se la llenan entre los clientes... ya verá la señora.

Las dos amigas estaban desconcertadas, aturdidas con aquel exceso de palabrería. No respiraron a gusto hasta hallarse de nuevo en la calle.

—¡Qué mujer tan infernal! —exclamó Regina.

—Y mañana me llevará la joyita cuando esté allí Miguel —contestó Margarita.

—No temas; ya se las arreglará ella con lo que le has dicho. Son astutas como zorras. Yo iré por si tú no puedes salir... a empeñarla, y a pagarle a tu usurero. Después de todo vamos ganando tiempo.

VII

Una vez solucionado el conflicto, aun de aquella manera onerosa y suicida, la ligereza habitual de Margarita le hacía olvidarse de todo durante otros tres meses. Esta vez se daba como razón de su tranquilidad la esperanza de la segunda hipoteca, que le permitiría llegar a la deseada nivelación, después de unos cuantos años, para verse libre ya de apuros que pudieran llegar hasta Miguel. El amor de este la mecía tan dulcemente que era como una compensación de todos sus disgustos. Tenía prisa de que pasaran aquellos días y, arreglada ya su situación, no pensar más en todo aquello que la apartaba de su amor. Experimentaba un remordimiento como el que sienten las devotas que se distraen en su meditación cuando un pensamiento terrenal las separa de su divino esposo. Deseaba ser toda para él en todos los momentos. Comprendía por qué las mujeres debían estar dedicadas al amor como las orientales.

Para escapar aquella tarde a recibir la contestación del usurero, había tenido ella misma que separar a Miguel de su lado; impedir que viniera, con una sarta de disculpas y de pretextos mal hilvanados en su ignorancia del arte de mentir. Le parecía que otro menos bueno y confiado que Miguel lo hubiera notado. Se escapó de su casa, como la otra vez, más temprano, ansiosa de llegar la primera.

Al entrar en el portal, se cruzó con aquella mujer alta y llamativa, muy descotada, con gran sombrero empenachado, que había entrevisto la vez anterior en el pasillo, y la vio subir en el coche de lujo que esperaba en la puerta. Pensó que aquella mujer, salida de la covachuela, iría a alternar, luciendo su lujo entre personas que ignorarían la procedencia de su fortuna, merced al anónimo de las grandes ciudades, que pueden darnos por vecino al prestamista o al verdugo.

Subió de prisa la escalera, con miedo, como si escuchara pasos tras de sí; se acogió casi con alegría en el antro, como si entrara en un refugio. Ya había visitantes; a pesar de lo temprano de la hora se le habían adelantado. En cambio, el usurero no había venido aún. Más de dos horas duró esa tarde la espera. Cuando llegó su turno, el hombre rubio la recibió con una dura sonrisa, ofreciéndole un asiento.

—Aquí tiene usted sus documentos, señora; desdichadamente no podemos hacer nada...

—¿Cómo?

—Es imposible levantar esa hipoteca ya vencida y falta de pago.

Margarita no entendía.

—¿Qué es lo que usted dice?

—Que la escritura figura a nombre de un sujeto que no ha recibido de usted cantidad alguna hasta el presente, y sólo por una rara condescendencia no ha obrado ya contra usted.

—¡Pero si eso no es posible, si yo pago cada trimestre!

—Será cierto, pero no consta.

—Pero si yo he hecho mis escrituras con...

—Sí... lo conozco, con ese chiquitín llorón y falso que parece tan dulce y tan buena persona, y que se queja siempre de que le engaña un socio cuando él es el primer pájaro de cuenta. Pues ese traspasó la escritura a otro testaferro... que es el dueño del crédito y que no ha recibido nada.

—¿Y los pagos que he hecho?

—¿Tiene usted los recibos?

—Sí, pero a nombre del primero y sin especificar por qué recibe las cantidades. Y anotándolas también en su libro.

—Un libro cuesta poco y se rompe pronto.

—¿De modo que soy víctima de un timo? —exclamó ella, aterrorizada.

—No tanto... no tanto... de una operación hábil... Mientras usted pague trimestralmente, no hay cuidado... les conviene cobrar las rentas sin escándalo.

—¿Y si yo no pudiera pagar más?

—Ese día... o en el momento en que haga intervenir el juzgado, perderá usted la finca.

—¿Y no puedo salir de eso?

—No veo remedio, como no fuera entregar de una vez la cantidad y una indemnización al verdadero dueño.

Y como si quisiera poner un punto en la conversación, aquel hombre se levantó.

Margarita lloraba. Se acercó a ella y, separándole familiarmente las manos de la cara, le dijo:

—Es usted muy bonita y el llorar estropea los ojos.

Ella se retiró indignada.

—Pobrecita, las mujeres solas... Todo tiene remedio... —siguió él con mimo.

Margarita sintió como si un latigazo le cruzase el rostro.

—Caballero... es usted... un... No tiene derecho a hablarme así.

—Si lo toma de esa manera... —siguió él—. Pero creo que hace mal... debía pensarlo... Una mujer tan hermosa no debe pasar apuros...

La vergüenza y el miedo anonadaban a Margarita, no podía hablar, se sentía próxima a aquel hombre hasta el punto de percibir su aliento, dominada por una sensación de espanto y de asco. Con un esfuerzo supremo corrió hacia la puerta.

—Si da usted un paso, grito.

Él se encogió groseramente de hombros con desdén, y por toda respuesta se acercó al timbre y lo oprimió con violencia. Casi instantáneamente apareció el criado.

—Acompaña a la señora —dijo, tratando de dominar su excitación, mientras seguía arreglando sus papeles con afectada indiferencia; pero Margarita creía sentir en su cuello y en su espalda una mirada de amenaza que le penetraba en la carne.

VIII

Tenía prisa de llegar a su casa, de descansar, de serenarse. Tan conmovida estaba que pensó en meterse en el lecho y pretextar una indisposición para evitar la mirada sagaz de su amante. Tenía que pensar seriamente en una confesión, en decírselo todo. A medida que su peligro era mayor, era mayor su confianza. Ya no era la mujer que enreda y triunfa, era la mujer engañada, humillada, vencida, y conocía el raudal de dulzura y de amor con que Miguel sabría perdonarla y resarcirla de sus dolores. Era preciso decidirse a decírselo todo.

Entró en su casa apresurada y se dirigió a su gabinete; iba a él como a un oratorio, a un refugio; allí debía evocar a la imagen querida.

Le pareció verlo al entrar, por un efecto de su imaginación; pero bien pronto se convenció de que Miguel estaba allí. Era él, puesto de pie cerca de la chimenea apagada, entre las sombras de la habitación.

—¡Qué felicidad encontrarte! —exclamó, conmovida.

Él no contestó nada. Margarita se acercó, momentáneamente olvidada de todo, llevándole en los labios un beso; pero Miguel la detuvo con la mano, más bien con el movimiento, como si sintiera asco de su contacto. Tenía los ojos enrojecidos y el semblante serio, contraído en un gesto de dolor y de ira.

—¿Qué te sucede? —preguntó ella con angustia.

—Vete... vete... No te me acerques... —exclamó Miguel; y una palabra atroz, grosera, terrible, completó la frase.

—¡Miguel! ¡Dios mío! ¿Qué es esto?

Se enfureció más él:

—Yo no debía estar aquí... no debía haberte visto más... pero he querido decirte eso... confundirte, escupirte y marcharme después... para siempre... para no verte nunca.

Y otra vez, silbante y aguda, la frase terrible se escapó de su boca.

—¿Estoy loca? ¿Por qué me hablas así?

—¿Me lo preguntas?... ¡Infame!... ¡Canalla!... ¡Hipócrita!... ¡Cuánto debes haberte reído de mí!

Ella adivinaba algo tan terrible, tan doloroso en él, que le perdonaba sus insultos como si fuesen ayes del dolor producido por una herida. Se le acercó con las manos juntas, suplicante:

—¡Miguel mío! ¿Qué es esto?

Había tanto candor, tanta súplica en su voz, que él pareció vacilar.

—¿No me quieres ahorrar la vergüenza de decirte que he visto claro tu deseo de librarte de mí hoy... y que he sospechado... y que te he seguido? ¿Deseas recrearte en el relato de mis angustias viéndote entrar en aquella casa de persianas caídas, donde entraban hombres y salían mujeres... como tú? Pensé detenerte... confundirte... ¿Para qué? No merecías el escándalo... Me inspiras desprecio.

La miró, esperando verla caer anonadada, y quedó sorprendido de la tranquilidad inefable de su rostro.

—¿Era eso todo? ¡Ah, Miguel mío! Yo te lo contaré y verás qué injusto eres al juzgarme así.

Él tuvo miedo de ser débil.

—¿Qué podrás decirme después de lo que yo mismo he visto?

—¡Escúchame!

—Es inútil.

Se dirigió despacio a la puerta, como si quedara en su alma una esperanza que no quería perder y que una vez fuera de allí sería ya imposible hallar de nuevo.

Margarita dio un grito y corrió a cerrarle el paso.

—No, Miguel, no. Tienes que oírme.

Su acento era tan sincero y enérgico, que Miguel sintió el convencimiento de su verdad. No era posible tal cinismo.

Retrocedió silencioso, apoyó la espalda contra la chimenea, y de pie, grave, ceñudo, atento, escuchó la confesión que ella le hacía con su voz sollozante. Penetró en todo aquel mundo de inquietudes, de amargura, de miserias que él no había sospechado. Vio a Margarita como la víctima representativa de toda aquella explotación infame. Se admiraba de que una criatura tan débil hubiera podido sufrir tanto. Comprendió todo el sacrificio, todo el amor inmenso que había en el heroísmo de la mujer que había sabido permanecer sonriente a su lado sin dejarle sospechar sus tormentos.

Se arrepentía de su dureza, de su ligereza al juzgarla; sentía impulsos de arrojarse a sus pies; pero por efecto de la convulsión de agonía de su espíritu permanecía quieto, silencioso, paralizado.

—Es la ruina y es la pobreza, Miguel —siguió ella cuando se lo hubo contado todo—. Tienes que perdonarme el que no te lo haya contado antes... Ahora eres libre... puedes irte... Yo no puedo desear que quedes unido a mí en esta vida de privaciones que me aguarda.

—Margarita, Margarita mía —exclamó él con explosión, y enlazándola entre sus brazos dejó caer la cabeza sobre su hombro y lloró como un niño.

—Hay que ser fuertes, Miguel —dijo ella.

—Perdóname antes de nada las ofensas que te he hecho. ¿Quién no hubiera dudado?

—Tú, Miguel... Tú, que no has debido dudar de mí. ¿No han servido de nada tantos años de amor, de confianza, para que supieras verme el alma?

Abría mucho los ojos ante él, como si quisiera dejarlo entrar por ellos.

—Perdóname.

Ella hizo un gesto de desesperación.

—¿Cómo olvidar las palabras que te he escuchado?

—Yo las borraré, Margarita; yo dedicaré mi vida a que las olvides. Dime que me perdonas.

—Sí... sí...

Pero allá en el fondo ella pensaba que hubiera sido mejor no oírlas jamás.

Su amor les había hecho olvidar la situación en que estaban. Miguel fue el primero en volver a la realidad.

—Ahora que ya lo sé todo —le dijo— ya no estás sola. Soy abogado y te defenderé. Es preciso que no se realice esa infamia.

IX

Había transcurrido un año en aquel pleito penoso, que Miguel planteó valientemente. Él quería hallar las pruebas morales, llevar a la ley un nuevo espíritu, que la verdad de la convicción pudiera suplir a lo material de la prueba.

Había escrito a todos los que estaban en el mismo caso que Margarita, pero no había logrado reunir más que a unos pocos de aquella legión de explotados. Unos no podía averiguar quiénes eran; otros preferían resignarse a que se supieran sus apuros, algunos tenían miedo a los procedimientos de la justicia. El juzgado les asustaba más que el usurero y pensaban que lo habrían de pagar más caro. Casi todos le aplaudían, lo animaban, pero ninguno quería mostrarse parte.

—Yo —le dijo un joven periodista— empeñé una vez mi sueldo de empleado de seis mil reales a un usurero, y por no pagarle renuncié a él. Tengo que estarle agradecido porque así emprendí un nuevo camino de trabajo y contrarresté a un tiempo su usura y la usura del Estado, que es el primero en dar ejemplo.

Miguel se desesperaba. Había llevado al ánimo de los jueces el convencimiento de la verdad. Les constaba a todos hasta la evidencia la certeza de lo que decía, estaban seguros de la justicia de la causa, pero ellos no podían ver lo que no constase en los autos. Tenían que cerrar los ojos a cuanto no vieran sobre los pliegos de papel sellado; tenían que cerrar los oídos a todo lo que no resultase probado, no por las pruebas evidentes que eran la verdad misma, sino por la prueba material, palpable.

No había manera de luchar contra los usureros. La ley hecha para proteger a las víctimas era en sus manos el arma con que las domeñaban y las abatían. Habían sabido apoderarse de la fe del notario, engañado por su falsedad; de la severidad de la escritura, en la que simularon su mentira. Todo era falso y criminal en ellos, pero todo era *legal*. Se hacían inatacables.

Miguel había perdido un pleito en primera instancia y aquella tarde era la vista en la Audiencia. Llevaba aún una esperanza de conmover, de invocar una ley viva frente al texto de las leyes muertas. De hacer que la verdad triunfase sobre todos los sofismas y todo lo convencional. No era ya la situación de Margarita lo que defendía; no era ya el encanto del triunfo ofrecido a la mujer amada lo que anhelaba. Era una causa más alta, un ideal más fervoroso, más entrañable; era el vencer a los usureros, el crear un precedente en favor de todos los abatidos, de todos los explotados.

Penetrando en aquella llaga había visto más su podredumbre; había contemplado cómo infestaba todo el cuerpo social, cómo lo corroía todo.

La facilidad aparente de la usura influía sobre unos para no tener previsión. Se contraían deudas para lucir una joya, por comprarse un traje superfluo, por satisfacer caprichos o por alimentar vicios. Sin la seguridad en los préstamos no se crearían muchos de aquellos compromisos sociales que crecían y se agrupaban hasta llegar a la ruina.

Otras veces era la necesidad el apuro que exige lo más perentorio de la vida: el vestido imprescindible, el alquiler de la casa, el médico, la botica, los gastos que han de ser luego productores.

¿Qué hacer contra eso? Margarita le había dicho la teoría de Marta, que bendecía a los usureros en esas ocasiones, y al principio se había quedado desconcertado ante las perspectivas que ofrecía aquel nuevo punto de vista, pero pronto lo había rechazado con indignación. No, no era aquello, no podía ser aquello. En la mayoría de los casos esos apuros tan reales, tan respetables, eran hijos de vivir cada uno de un modo distinto al que le convenía. Tenía la prueba en la vida misma. Con lo que un obrero se consideraba rico, se consideraba pobre un empleado. Un profesor se quejaba de la escasez de su sueldo, mientras un industrial vivía satisfecho con una cantidad inferior. ¿Por qué no había de tener las mismas necesidades, reales, ante la vida el empleado que el obrero? ¿Por qué no vivían igualmente, en las mismas condiciones, el industrial y el profesor? Porque se habían creado clases, cada una de las cuales había de vivir con arreglo al patrón social que le conviniera, y por eso, cuando el tipo exigía para su satisfacción medios económicos superiores a aquellos de que se podía disponer, las privaciones, el desequilibrio y la usura llegaban. Llegaban a casas honradas, metódicas, de trabajadores, donde en apariencia no se despilfarraba nada; pero que vivían sin darse cuenta en un plano que no era el suyo, y que no regularizaban los ingresos por la facilidad de la usura, que en aquellos momentos de necesidad se le aparecía como salvadora.

El último argumento de la necesidad de los que aún dentro de la mayor prudencia, por exigencias de la vida, llegaban fatalmente a no poderse sostener era un caso en que la usura venía a empeorar el mal, a evitar la previsión y el socorro de todos, a embotar las energías para exigirle a la colectividad el remedio y el auxilio que debía prestar.

En el sentimiento íntimo de cada uno estaba la prueba de la inmoralidad de la usura. En cómo todos se avergonzaban de deber, en cómo todos lo ocultaban como un delito. Analizando bien no era el temor de que los amigos se alejasen por miedo de que les molestaran. Era un desprecio, un concepto inferior de sí mismos que produce la usura.

No pensaba Miguel en una sociedad de gentes metódicas, que no desearan más que la satisfacción de necesidades perentorias. Creía, por el contrario, que el hombre no tiene sólo derecho a lo preciso, sino a lo que se llama superfluo, lo que proporciona placer; pero esto podía hallarlo cada uno dentro de su radio de acción, con pureza, de una manera sólida, fundamental, cuando convencidos de no tener esa ayuda enviciadora del préstamo, ordenasen su vida en un engranaje general dentro de un estado más perfecto, donde no se conociese la usura.

Aquellos habían sido argumentos de su discurso ante la Audiencia, además de los acentos vibrantes de justicia, de sinceridad, que puso en su defensa además de las pruebas morales que adujo; de los casos que pintó... Todo inútil.

Todo aquello estaba muy bien, pero era la obra de un poeta. Los compañeros sonreían. Miguel tenía mucho talento, pero hasta entonces no había querido ejercer la abogacía y no entendía sus resortes, artículos del código, leyes, jurisprudencia del Supremo, eso era lo que hacía falta citar. Lo demás era lirismo, puro lirismo; y la bella palabra *lirismo* perdía en aquellos labios su significación para ser una cosa absurda, vacía de sentido, fuera de lugar. Toda aquella sociedad perfecta de gentes sensatas, felices, libres de la usura, les parecía una utopía irrealizable.

Los males que pintaba eran ciertos, su indignación ante los casos citados por él, ante los abusos a que se prestaban las leyes los sentían todos lo mismo, algunos lo sufrían en sí; pero ¿y la prueba? Con una prueba material, que no podía existir, los hubiera confundido; así, no se conseguía nada.

Y prueba no hubo. ¿Cómo se iba a probar lo contrario de lo que la misma demandante, inducida por la necesidad, había confesado y autorizado con toda legalidad?

La sentencia favoreció a los usureros.

XX

Margarita salió a su encuentro y lo miró sin atreverse a preguntarle nada, pero el rostro de Miguel era tan sereno, tan sonriente, que ella tuvo la idea del triunfo.

—¿Ganamos? —preguntó con alegría.

—¿No estás bien preparada para una mala noticia? —contestó él con ligero tono de reconvención.

Ella calló un momento, y al fin repuso con energía, pero con un débil temblor de voz:

—Sí... habla.

En aquellos meses Miguel había hecho uso de toda su influencia para acostumbrarla a la idea de la pobreza. Parecía gozarse en verla animosa frente a la vida dura; con un desinterés que ni siquiera pensó en pedirle ayuda. Se complacía él en dejarla sola, templando su alma para la lucha.

Durante todo aquel tiempo de la cuestión judicial había estado retenida su renta a disposición del juzgado. Ella había vendido todos sus objetos superfluos y una gran parte de sus ropas. Pero ahora lo hacía delante de Miguel, con su consejo, y se sentía dichosa cuando podía mostrarle lo que le había producido una alhaja o un vestido que no le era necesario. Él no la había dejado vender nada de su gabinete, ni de las cosas que les eran íntimas.

—Ya no te queda casi nada de lo que era antes tu casa, debes vender el resto —dijo— para que no quede más que lo que hemos comprado nosotros. Así te veo más mía; ahora comprendo que me hallaba menos en mi casa al lado tuyo entre todo eso. En la viudez de una mujer hay algo del muerto mientras conserva lo que les fue común. Luego deja de ser viuda. Se emancipa.

Adormecida en su amor, sugestionada con él, Margarita abrigaba la esperanza de que habría de ganarse el pleito. No comprendía que Miguel no consiguiera lo que se proponía, y en esa creencia no se preocupaba del día en que ya no le quedase nada que vender.

Pero poco a poco Miguel le había enseñado la verdad; las probabilidades estaban todas contra ellos.

—¿Cómo vivirás entonces? —le preguntó.

—Yo aprenderé a trabajar —repuso ella—; sé hacer algunas cosas... y ya no me importa el que se sepa mi ruina... me he curado de esos prejuicios.

Él la abrazó conmovido.

—¿Me querrás tú cuando sea muy pobrecita? —preguntó ella con mimo.

—Más aún...

Una risa feliz y espontánea iluminó su rostro y besó a su amante tranquila, serena, sin importarle nada las privaciones y la ruina.

Sin embargo, en el fondo de su alma había una secreta esperanza de que aquel caso no había de llegar. Una ilusión recóndita de ganar el pleito, de lograr el triunfo de la justicia. Más que su miseria sentía la derrota porque triunfara la infamia de sus enemigos.

—Si lo que afecta a los demás nos impresionase de ese modo —le había dicho Miguel—, seríamos bien pequeños.

Desde entonces ella se había vencido para que no le importase ni la victoria ni la derrota de aquellas gentes. Su alma había llegado a una serenidad completa.

No había podido, a pesar de todo, conservar aquella tarde, en la que se jugaba su porvenir, la ecuanimidad absoluta. Al ver a Miguel, sintió todo el peso de su tragedia, de su fallo. Esperó ansiosa la palabra decisiva.

—Se ha perdido todo —dijo él brevemente.

Ella inclinó la cabeza para ocultar una lágrima y luego preguntó:

—¿No se puede apelar aún al Supremo?

—¿Para qué? —repuso él—. En todos los tribunales de los hombres juzgarán de igual modo.

—Tienes razón —exclamó ella animosa—. Todo eso no conduciría más que a pasar tiempo, a perder energías en vanas esperanzas.

Se frotó las manos, y como el que se siente fuerte y feliz frente a la vida, añadió con sencillez:

—Ya soy pobre... Ahora a trabajar.

—Margarita —dijo Miguel con acento conmovido—. Ahora quiero yo pedirte un favor: que dejes que sea yo el que trabaje para los dos.

—¡Miguel mío!

—Sí. Nos mudaremos a una casita chica; yo trabajaré y tú sólo te ocuparás de mí. Soy un egoísta y quiero que me cuides. Quiero que seas mi esposa.

—Pero ¿y tu repugnancia de siempre a la vida de casados? —arguyó ella, llena de una felicidad suprema, desconocida, precisamente en aquellos momentos cuya amenaza tanto le había torturado.

—El peligro del matrimonio —dijo él riendo—, es de acomodamiento. Acostumbrarse el uno al otro, compenetrarse, es lo difícil dentro del matrimonio. Nosotros no tenemos que temerle.

Se levantó un último escrúpulo en ella.

—Tal vez te sacrificas... me tienes lástima...

Él le cerró la boca con un beso.

—Calla... no digas blasfemias. En amor no hay compasión jamás. Se ama o no se ama.

Y mientras ella estallaba en sollozos con la explosión de su agradecimiento, él trató de distraerla como a los niños con la visión de un porvenir lisonjero.

—¡Verás qué felices vamos a ser!

—¿Ejercerás la abogacía? —preguntó ella con ingenuidad.

—¡Oh! No, no —repuso Miguel con viveza—. Jamás volveré a vestir una toga. Yo siempre defendería causas como esta. Las víctimas ante el usurero, el explotado ante el explotador, la mujer que roba un pan frente al tahonero que la denuncia; el cazador furtivo y el leñador miserable contra los guardias que los persiguen... el acusado frente al juez. Ya ves que perdería todos los asuntos y que no ganaría para vivir... No. Cuando la conciencia de uno no se acomoda a una profesión, no hay que obstinarse en seguirla. Yo trabajaré en mi oficina y viviremos muy obscuramente, muy solos, muy alejados. Es la única manera de ser felices; porque la felicidad se asusta del ruido y de la luz.

Se detuvo para besar a Margarita, con un beso nuevo, más acendrado, más puro, el más entrañable que le había dado nunca, y añadió sonriendo:

—También debe asustarse de la usura, porque para nosotros ha empezado cuando la usura finalizó.

Carmen de Burgos (1867-1932)

Carmen de Burgos nació en Rodalquilar (Almería), el 10 de diciembre de 1867. Periodista, escritora, traductora, pedagoga y activista; firmaba sus obras bajo el seudónimo de Colombine y es considerada parte de la generación del 98.

Recibió la misma educación que sus hermanos varones, lo que la llevó a desarrollar una libertad y actividad intelectual inusual en las mujeres de la época. Con 16 años contraería matrimonio con un bohemio periodista, cuyo padre poseía una imprenta. Esta circunstancia va a acercar a Carmen de Burgos desde su juventud al mundo periodístico, publicando en esta época sus primeros artículos. Años después, en 1895, se titularía como maestra.

La muerte de dos de sus hijos y el maltrato recibido por parte de su marido conllevan que en 1901 abandone el hogar conyugal y se establezca en Madrid con su hija María. A partir de ese momento colabora con diversos diarios y es reconocida profesionalmente como la primera mujer periodista en España, ejerciendo además como corresponsal de guerra. Su labor periodística —compaginada con la docencia— le permitirá abogar por los derechos de las mujeres, defendiendo el sufragio femenino, el derecho al divorcio y otras causas sociales en cientos de artículos.

Tuvo relación a través de las tertulias que lideraba con importantes escritores de la época como Benito Pérez Galdós o Juan Ramón Jiménez, así como iniciaría una profunda y duradera relación amorosa con Ramón Gómez de la Serna, con quien residió en distintos países. Su lucha por los derechos humanos y la igualdad de género la trasladó a los artículos, ensayos y novelas que publicó; entre estas últimas cabe destacar *La hora del amor* (1916), *La rampa* (1917), *La malcasada* (1923) o *Puñal de claveles* (1931).

Con la llegada de la Segunda República vería cristalizadas sus aspiraciones feministas. Fue en este periodo nombrada presidenta de la Cruzada de Mujeres Españolas y de la Liga Internacional de Mujeres Ibéricas e Hispanoamericanas. Al poco tiempo, el 8 de octubre de 1932, fallecía a los sesenta y cuatro años, siendo con posterioridad censurada por el franquismo, al ser catalogada de autora prohibida y desaparecer sus libros de bibliotecas y librerías.

ÍNDICE

Este libro se terminó de editar en Granada
en abril de 2024 por

Aliarediciones

www.aliarediciones.es
info@aliarediciones.es